Beowulf

Und wie er Grendel bekämpfte
- eine angelsächsische Sage

And how he fought Grendel

- an Anglo-Saxon Epic

mantra

Im 4. Jahrhundert gelangten die Angelsachsen an Britanniens Küsten.

Beowulf ist das früheste in Europa bekannte Epos, das in einer einheimischen Sprache geschrieben wurde, in Alt-Englisch (Angelsächsisch). Das einzige Manuskript der epischen Dichtung, das sich aus früher Zeit erhalten hat, stammt aus dem 10. Jahrhundert, obwohl die Ereignisse vermutlich im 6. Jahrhundert stattfanden. Die Dichtung enthält Hinweise auf tatsächliche Orte, Menschen und Ereignisse; allerdings gibt es keinerlei historische Beweise für die Existenz von Beowulf selbst.

Die Geats waren ein südschwedisches Volk, und die Geschehnisse fanden in Dänemark statt.

J.R.R. Tolkien, Professor für Angelsächsisch in Oxford, bezog aus Beowulf und angelsächsischen Mythen die Anregung zu seinem Buch „Der Herr der Ringe".

Diese vereinfachte Form der Beowulf Sage könnte dazu anregen das grossartige Orginal zu lesen.

The Anglo-Saxons came to the British shores in the fourth century.

Beowulf is the earliest known European vernacular epic written in Old English (Anglo-Saxon). The only surviving manuscript of the epic poem dates from the tenth century, although the events are thought to have taken place in the sixth century. The poem contains references to real places, people and events, although there is no historical evidence to Beowulf himself having existed.

The Geats were the southern Swedish people and the events in this story take place in Denmark.

The late J R R Tolkien was Professor of Anglo-Saxon at Oxford and he drew on *Beowulf* and Anglo-Saxon mythology when he wrote *Lord of the Rings*.

It is hoped that this simplified version of part of the Beowulf legend will inspire readers to look at the magnificent original.

Some Anglo-Saxon kennings and their meanings:

Flood timber or swimming timber - ship	*Ray of light in battle* - sword
Candle of the world - sun	*Play wood* - harp
Swan road or swan riding - sea	

Text copyright © 2004 Henriette Barkow
Dual language & Illustrations copyright © 2004 Mantra Lingua
All rights reserved
A CIP record for this book is available
from the British Library.

First published 2004 by Mantra Lingua
5 Alexandra Grove,
London N12 8NU
www.mantralingua.com

Beowulf

Beowulf

Adapted by Henriette Barkow
Illustrated by Alan Down

German translation by Nick Barkow

MANTRA

Habt ihr das schon mal gehört?

Man sagt, wenn zuviel gelacht wird und geredet, kommt Grendel und zerrt euch davon. Ihr habt noch nie von Grendel gehört? Dann, so nehme ich an, habt ihr auch noch nie von Beowulf gehört. Hört gut zu, denn ich werde euch jetzt die Geschichte vom bedeutendesten Krieger der Geat erzählen und wie er gegen das üble Ungeheuer Grendel kämpfte.

Did you hear that?

They say that if there is too much talking and laughter, Grendel will come and drag you away. You don't know about Grendel? Then I suppose you don't know about Beowulf either. Listen closely and I will tell you the story of the greatest Geat warrior and how he fought the vile monster, Grendel.

Vor mehr als tausend Jahren beschloss der dänische König Hrothgar eine grosse Halle zu errichten, in der seine treuen Krieger ihre Siege feiern könnten. Als die Festhalle errichtet war, nannte er sie Heorot und verkündete, hier sollten künftige Feste gefeiert und Gaben verteilt werden. Hoch erhob sich Heorot aus der sumpfigen Landschaft und seine weissen Giebel waren meilenweit zu sehen.

More than a thousand years ago the Danish King Hrothgar decided to build a great hall to celebrate the victories of his loyal warriors. When the hall was finished he named it Heorot and proclaimed that it should be a place for feasting, and for the bestowing of gifts. Heorot towered over the desolate marshy landscape. Its white gables could be seen for miles.

In einer dunklen, mondlosen Nacht gab Hrothgar sein erstes grosses Bankett in der Haupthalle. Es gab das beste Essen und reichlich Bier für die Krieger und ihre Frauen. Gaukler traten auf und Musikanten.

On a dark and moonless night Hrothgar held his first great banquet in the main hall. There was the finest food and ale for all the warriors and their wives. There were minstrels and musicians too.

Bis in die entfernten Winkel der Marschlandschaft und bis hin zu den düster-blauen Gewässern, in denen das Übel lebte, waren die Töne des fröhlichen Treibens zu hören.

Grendel - einst ein Mensch - war jetzt ein grausames, blutdurstiges Biest. Grendel - nicht länger ein Mann, trug aber noch menschliche Züge.

Their joyous sounds could be heard all across the marshes to the dark blue waters, where an evil being lived.

Grendel - once a human, but now a cruel and bloodthirsty creature. Grendel - no longer a man, but still with some human features.

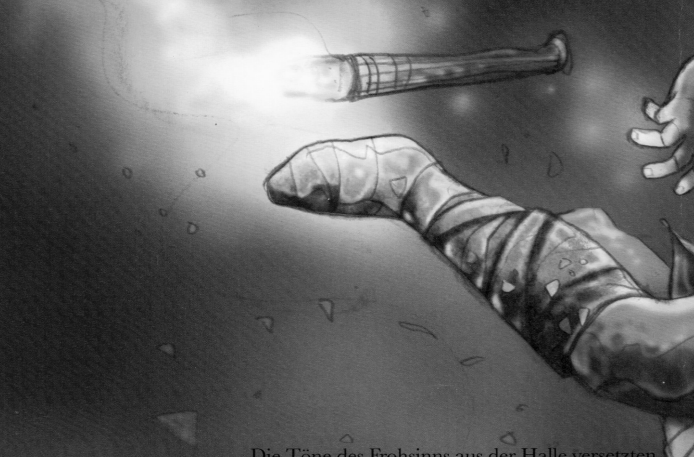

Die Töne des Frohsinns aus der Halle versetzten Grendel in grossen Zorn. Spät in der Nacht, als sich der König und die Königin in ihre Gemächer zurückgezogen hatten und alle Krieger in tiefem Schlaf lagen, schlich Grendel, das Monster, mit gurgelnden Schritten durch die Sümpfe. Als er die Tür erreichte, war sie verschlossen. Mit einem mächtigen Schlag stiess Grendel die Türe auf und war in der Halle.

Grendel was much angered by the sounds of merriment that came from the hall. Late that night, when the king and queen had retired to their rooms, and all the warriors were asleep, Grendel crept across the squelching marshes. When he reached the door he found it barred. With one mighty blow he pushed the door open. Then Grendel was inside.

In dieser Nacht metzelte Grendel in der Halle dreissig der tapfersten Krieger Hrothgars nieder. Mit seinen klauenartigen Händen brach er ihnen das Genick und trank ihr Blut bevor er seine Zähne in ihr Fleisch senkte. Als keiner mehr am Leben war, kehrte Grendel in seine nasse, dunkle Höhle unter den Wellen zurück.

That night, in that hall, Grendel slaughtered thirty of Hrothgar's bravest warriors. He snapped their necks with his claw like hands, and drank their blood, before sinking his teeth into their flesh. When none were left alive Grendel returned to his dark dank home beneath the watery waves.

Am Morgen war die Halle angefüllt
mit Tränen und Trauer. Der Anblick der
dahingeschlachteten Dänen, der Stärksten und
Tapfersten, erfüllte das Land mit Traurigkeit und Verzweiflung.

Zwölf lange Winter fuhr Grendel fort wie rasend jeden zu töten, der in die
Nähe von Heorot kam. Viele tapfere Männer versuchten sich im Kampf gegen
Grendel, aber ihre Rüstungen waren nutzlos gegen dieses üble Monster.

In the morning the hall was filled with weeping and grieving. The sight of the
carnage of the strongest and bravest Danes filled the land with a deep despairing sadness.

For twelve long winters Grendel continued to ravage and kill any who came near
Heorot. Many a brave clansman tried to do battle with Grendel, but their armour was
useless against the evil one.

Die Nachrichten von den schrecklichen Taten Grendels verbreiteten sich nah und fern. So hörte auch Beowulf, der mächtigste und tapferste Krieger seines Volkes davon. Und er schwor, dass er dieses entsetzliche Ungeheuer erschlagen werde.

The stories of the terrible deeds of Grendel were carried far and wide. Eventually they reached Beowulf, the mightiest and noblest warrior of his people. He vowed that he would slay the evil monster.

Mit vierzehn seiner treuesten Edelleute segelte er zur Küste Dänemarks. Als sie im Begriff standen an Land zu gehen, rief eine Küstenwache: „Halt! Wer wagt hier zu landen? Was ist euer Begehr?"

„Ich bin Beowulf. Ich bin ausgezogen in dieses Land, um für euren König Hrothgar gegen Grendel zu kämpfen. Also, führt mich zu ihm!"

Beowulf sailed with fourteen of his loyal thanes to the Danish shore. As they landed the coastal guards challenged them: "Halt he who dares to land! What is thy calling upon these shores?"

"I am Beowulf. I have ventured to your lands to fight Grendel for your king, Hrothgar. So make haste and take me to him," he commanded.

Vor Heorot angelangt, betrachtete Beowulf die wüste Landschaft rings um. Irgendwo da draussen war Grendel. Er wandte sich um und betrat entschlossen die Halle.

Beowulf arrived at Heorot and surveyed the desolate landscape. Grendel was somewhere out there. With resolve in his heart he turned and entered the hall.

Beowulf stellte sich dem König vor. „Hrothgar, wahrer und edler König der Dänen, ich habe den Schwur abgelegt, euch von dem Ungeheuer Grendel zu befreien."

„Beowulf," sprach der König, „deine tapferen Taten und deine grosse Stärke sind mir wohl bekannt, aber Grendel ist stärker als jedes lebendige Wesen, dem du je begegnen könntest."

„Hrothgar, ich werde nicht nur kämpfen und Grendel besiegen, sondern ich werde das auch mit meinen blossen Händen tun," sagte er. Viele die das hörten, hielten es für leeres Geschwätz, denn sie wussten nichts von seiner ausserordentlichen Kraft und seinen tapferen Taten.

Beowulf presented himself to the king. "Hrothgar, true and noble King of the Danes, this is my pledge: I will rid thee of the evil Grendel."

"Beowulf, I have heard of your brave deeds and great strength but Grendel is stronger than any living being that you would ever have encountered," replied the king.

"Hrothgar, I will not only fight and defeat Grendel, but I will do it with my bare hands," Beowulf assured the king. Many thought that this was an idle boast, for they had not heard of his great strength and brave deeds.

In dieser Nacht legten sich Beowulf und seine treusten Krieger zum Schlafe in der grossen Halle nieder.

That very night Beowulf and his most trusted warriors lay down to sleep in the great hall.

In der Nacht, als das letzte Licht schwand, machte sich Grendel auf den Weg durch die sumpfigen Lande zur grossen Halle, nicht ahnend, dass seine blutdurstigen Gelüste ungestillt bleiben würden.

Grendel stiess die Tür zur Halle auf. Er griff sich einen Krieger von der Bank, brach ihm das Genick und trank sein Blut. Dann warf er ihn beiseite.

As the light dimmed, Grendel made his way across the marshy ground to the hall not realising that tonight his bloodthirsty cravings would not be satisfied.

Grendel burst into the hall. He wrenched a warrior from his bench, snapped his neck and drank his blood, and then tossed him aside.

Er wandte sich der nächsten Bank zu und griff sich den nächsten Mann. Als er Beowulfs Griff spürte, wusste er, dass er auf eine Kraft gestossen war, die so gross war wie seine eigene.

He moved on to the next bench and grabbed that man. When he felt Beowulf's grip he knew that he had met a power as great as his own.

„Bis hierher und nicht weiter,
du übles Geschöpf!" befahl Beowulf.
„Ich werde mit dir bis zum Tode kämpfen und das Gute
wird den Sieg davontragen."

Grendel sprang vorwärts um des Kriegers Kehle zu ergreifen, aber Beowulf packte
seinen Arm. So standen sie sich im tödlichen Kampf gegenüber. Jeder erfüllt vom
Begehren, den anderen zu töten. Da nahm Beowulf alle seine Kräfte zusammen und
mit einem einzigen gewaltigen Ruck riss er Grendel den Arm ab.

"No more, you evil being!" commanded Beowulf. "I shall fight you to the death.
Good shall prevail."

Grendel lunged forward to grab the warrior's throat but Beowulf grabbed his arm.
Thus they were locked in mortal combat. Each was seething with the desire to kill the
other. Finally, with a mighty jerk, and using all the power within him, Beowulf ripped
Grendel's arm off.

Ein schrecklicher Aufschrei hallte durch die Nacht. Grendel wandte sich stolpernd um und flüchtete, eine breite Blutspur hinter sich lassend. Zum letzten Mal schwankte er durch die neblige Marschlandschaft und starb schliesslich in seiner Höhle unter den trüben Gewässern.

A terrible scream pierced the night air as Grendel staggered away, leaving a trail of blood. He crossed the misty marshes for the last time, and died in his cave beneath the dark blue murky waters.

Hoch schwenkte Beowulf den abgerissenen Arm über seinem Kopf, so dass jeder ihn sehen konnte und rief: „Ich, Beowulf, habe Grendel besiegt. Das Gute hat über das Übel triumphiert!"

Als Beowulf König Hrothgar den Arm überreichte, dankte der König ihm, von Freude überwältigt „Beowulf, grösster aller Männer, von diesem Tage an werde ich dich lieben wie meinen eigenen Sohn und werde dich mit Reichtümern überhäufen."

Er befahl ein grosses Fest auszurichten und diese Nacht zu feiern als den Sieg Beowulfs über den Feind Hrothgars.

Aber die Freude war verfrüht.

Beowulf lifted the arm above his head for all to see and proclaimed: "I, Beowulf have defeated Grendel. Good has triumphed over evil!"

When Beowulf presented Hrothgar with Grendel's arm the king rejoiced and gave his thanks: "Beowulf, greatest of men, from this day forth I will love thee like a son and bestow wealth upon you."

A great feast was commanded for that night to celebrate Beowulf's defeat of Hrothgar's enemy.

But the rejoicing came too soon.

Unter den tiefen kalten Wassern trauerte eine Mutter um ihren Sohn und schwor seinen Tod zu rächen. Mitten in der Nacht schwamm sie an Land und stürmte zur Halle von Heorot. Dort griff sie sich einen von Hrothgars Kriegern, drehte ihm den Hals um und lief mit ihm davon, um ihn in Ruhe aufzufressen.

Alle hatten vergessen, dass Grendel eine Mutter hatte.

Under the deep blue chilling waters a mother mourned her son and vowed to avenge his death. In the middle of the night, she swam to the surface and made the journey to the hall of Heorot. Here she terrorised those within. She grabbed one of Hrothgar's warriors, wrung his neck and ran off to devour him in peace.

All had forgotten that Grendel had a mother.

In der Halle erhob sich ein Geschrei von Trauer und Zorn.

Hrothgar befahl Beowulf in seine Gemächer, und wieder schwor Beowulf, in den Kampf zu ziehen. „Ich werde ausziehen, um Grendels Mutter zu besiegen. Das Töten muss ein Ende haben." Mit diesen Worten versammelte er seine vierzehn edlen Krieger um sich und ritt zu Grendels nasser Behausung.

Once more Heorot was filled with the sound of mourning, but also of anger.

Hrothgar summoned Beowulf to his chamber, and once more Beowulf pledged to do battle: "I will go and defeat Grendel's mother. The killing has to stop." With these words he gathered his fourteen noble warriors and rode out towards Grendel's watery home.

Sie folgten der Spur des Monsters durch die sumpfigen Lande bis sie an Klippen kamen. Was für ein schrecklicher Anblick bot sich ihnen da. An einem Baum hing der Kopf des getöteten Kriegers und sein Blut färbte das Wasser rot.

They tracked the monster across the marshes until they reached some cliffs. There a terrible sight met their eyes: the head of the slain warrior hanging from a tree by the side of the blood stained waters.

Beowulf stieg von seinem Pferd und legte seine Rüstung an. Mit dem Schwert in der Hand tauchte er in die trüben Gewässer. Tiefer und tiefer bis er den Grund erreichte und Grendels Mutter erblickte.

Beowulf dismounted from his horse and put on his armour. With sword in hand he plunged into the gloomy water. Down and down he swam until after many an hour he reached the bottom. There, he came face to face with Grendel's mother.

Sie sprang ihn an, ergriff ihn mit ihren Klauen und zerrte
ihn in die Höhle. Dank seiner guten Rüstung blieb er unversehrt.

She lunged at him, and clutching him with her claws, she
dragged him into her cave. If it had not been for his armour he
would surely have perished.

In der Höhle zog Beowulf sein Schwert und versetzte ihr einen mächtigen Schlag auf den Kopf. Aber das Schwert glitt ab ohne eine Schramme zu hinterlassen. Beowulf warf sein Schwert weg, packte das Monster bei den Schultern und warf sie auf den Boden.

Genau in diesem Augenblick rutschte Beowulf aus, und das Ungeheuer zückte einen Dolch und stiess zu.

Within the cavern Beowulf drew his sword, and with a mighty blow struck her on the head. But the sword skimmed off and left no mark. Beowulf slung his sword away. He seized the monster by the shoulders and threw her to the ground. Oh, but at that moment Beowulf tripped, and the evil monster drew her dagger and

Beowulf spürte die Spitze durch seine Rüstung, aber der Dolch konnte sie nicht durchdringen. Als er wieder auf die Füsse kam, sah er ein grossartiges Schwert, geschmiedet von Giganten. Er riss es aus der Scheide und schwang die Klinge gegen Grendels Mutter. Diesem Schlag konnte sie nicht widerstehen, tot sank sie zu Boden. Das Schwert in seiner Hand aber löste sich in ihrem heissen, üblen Blut auf.

Beowulf felt the point against his armour but the blade did not penetrate. Immediately Beowulf rolled over. As he staggered to his feet he saw the most magnificent sword, crafted by giants. He pulled it from its scabbard and brought the blade down upon Grendel's mother. Such a piercing blow she could not survive and she fell dead upon the floor.

The sword dissolved in her hot evil blood.

Beowulf sah sich um und erblickte die Schätze, die Grendel gehortet hatte.
In einer Ecke lag Grendels Leiche. Beowulf ging hin und hackte dem Ungeheuer
den Kopf ab.

Beowulf looked around and saw the treasures that Grendel had hoarded. Lying
in a corner was Grendel's corpse. Beowulf went over to the body of the evil being and
hacked off Grendel's head.

Mit dem Kopf und dem übriggebliebenen Knauf des Schwertes schwamm er an Land, wo seine Kumpane angsterfüllt warteten.

Beim Anblick ihres Helden stiessen sie Freudenschreie aus und halfen ihm aus der Rüstung. Mit Grendels Kopf, den sie auf eine Stange gesteckt hatten, ritten sie zurück nach Heorot.

Holding the head and the hilt of the sword he swam to the surface of the waters where his loyal companions were anxiously waiting. They rejoiced at the sight of their great hero and helped him out of his armour. Together they rode back to Heorot carrying Grendel's head upon a pole.

Beowulf und seine vierzehn edlen Krieger überreichten König Hrothgar und der Königin Grendels Kopf und den Knauf des Schwertes.

In dieser Nacht wurden viele Reden gehalten. Erst berichtete Beowulf von seinem Kampf um Leben und Tod in den eisigen Gewässern.

Dann versicherte Hrothgar erneut seine Dankbarkeit für alles, das sie getan hatten: „Beowulf, treuer Freund, diese Ringe übergebe ich dir und deinen Kriegern. Grossen Ruhm habt ihr damit errungen, uns Dänen von den schrecklichen Ungeheuern zu befreien. Nun lasst das Fest beginnen."

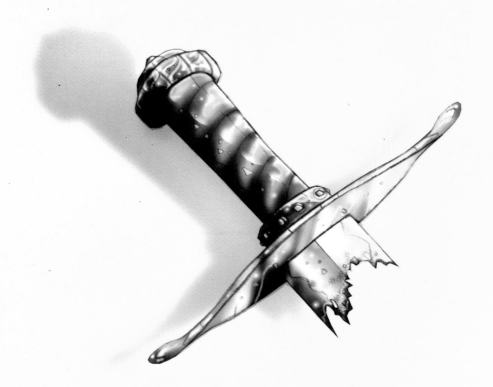

Beowulf and his fourteen noble warriors presented King Hrothgar and his queen with Grendel's head and the hilt of the sword.

There were many speeches that night. First Beowulf told of his fight and near death beneath the icy waters.

Then Hrothgar renewed his gratitude for all that had been done: "Beowulf, loyal friend, these rings I bestow upon you and your warriors. Great shall be your fame for freeing us Danes from these evil ones. Now let the celebrations begin."

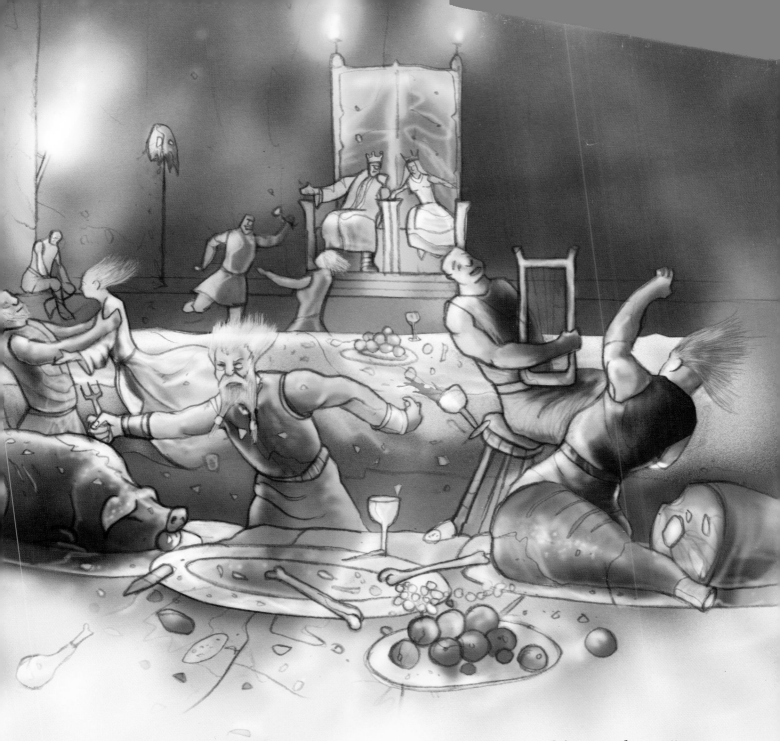

Was für ein Fest das war. Alle in Heorot Versammelten feierten das grösste Fest aller Zeiten. Sie assen und tranken, und hörten Geschichten aus frühen Zeiten. In dieser Nacht schliefen alle in Frieden in ihren Betten. Denn in den Sümpfen lauerten keine Gefahren mehr.

And celebrate they did. Those gathered in Heorot had the biggest feast there had ever been. They ate and drank, danced and listened to the tales of old. From that night forth they all slept soundly in their beds. No longer was there a danger lurking across the marshes.

Nach ein paar Tagen bereiteten Beowulf und seine Männer die Heimreise vor. Beladen mit Geschenken und mit der Gewissheit der Freundschaft zwischen Dänen und Schweden segelten sie heim.

Und was wurde aus Beowulf, dem bedeutendsten und edelsten aller Geats? Er erlebte noch viele Abenteuer und kämpfte gegen manches Ungeheuer.

Aber das ist eine andere Geschichte, und soll ein andermal erzählt werden.

After a few days Beowulf and his men prepared to set sail for their homeland. Laden with gifts and a friendship between the Geats and the Danes they sailed away for their homes.

And what became of Beowulf, the greatest and noblest of Geats? He had many more adventures and fought many a monster.

But that is another story, to be told at another time.

Was für ein Fest das war. Alle in Heorot Versammelten feierten das grösste Fest aller Zeiten. Sie assen und tranken, und hörten Geschichten aus frühen Zeiten. In dieser Nacht schliefen alle in Frieden in ihren Betten. Denn in den Sümpfen lauerten keine Gefahren mehr.

And celebrate they did. Those gathered in Heorot had the biggest feast there had ever been. They ate and drank, danced and listened to the tales of old. From that night forth they all slept soundly in their beds. No longer was there a danger lurking across the marshes.

Nach ein paar Tagen bereiteten Beowulf und seine Männer die Heimreise vor. Beladen mit Geschenken und mit der Gewissheit der Freundschaft zwischen Dänen und Schweden segelten sie heim.

Und was wurde aus Beowulf, dem bedeutendsten und edelsten aller Geats? Er erlebte noch viele Abenteuer und kämpfte gegen manches Ungeheuer.

Aber das ist eine andere Geschichte, und soll ein andermal erzählt werden.

After a few days Beowulf and his men prepared to set sail for their homeland. Laden with gifts and a friendship between the Geats and the Danes they sailed away for their homes.

And what became of Beowulf, the greatest and noblest of Geats? He had many more adventures and fought many a monster.

But that is another story, to be told at another time.